JN062704

歌集　遠浅の空

金田光世

青磁社

遠浅の空＊目次

II

III

IV

金田光世歌集

遠浅の空

0

初期歌篇

今日でもない昨日でもない真夜中の隙間に隠れ雨音を聞く

胸につける前にかざせば空よりも遠くが見えた蝶のブローチ

しつくりと手に収まらないいらいら立ちに爪を立たせた果実の窪み

遠浅の海は広がる生徒らがSと発音する教室に

老人が小惑星と呼んでゐる雑居ビルから漏れるあかい灯

いくつもの白い額とすれ違ひすれ違ひに行く夜の坂道

まだ固いガム噛むやうな足どりで知らない街を一人歩いた

なびかずに光る木馬のたてがみが冷えてゐた遊園地の記憶

I

空の断片 I

空の穴押さへて吹けばりゆうりゆうと夕闇は来る海の底より

雨を少し降らせる空のひとところかつて棲んでゐた羽のないもの

目に見えるものは空へはのぼれない無口になつたサイダーの瓶

ひつそりと標識は立つ夕空に記憶を捨てた木立のやうに

中空に吊り下げられた夜の芯ゆれるわたしもゆれながら眠る

ポワムポムカ

洋皿に水は平たく注がれてポワムポムカと揺れる重心

このからだどんなに深く眠つても根を張ることを知らないからだ

石のことを忘れるあひだ過ぎてゆく時間が石に与へる浮力

ガラスコップ桃色であるあやふさに水の光をくづして止まず

貝殻の合ひ間に匙を埋めればアサリスープにたましひ揺れる

フリージアの形をなくし夕刻の時計店へとしみてゆく影

体勢を変へて魚を逃がしつつのらりくらりとすすめる和訳

保冷剤ぬるんだあとも昼空の雲のうしろを落ちてゆく月

手や足に生かされてゐる心地して流れる夜へ添ひ寝してゐる

またひとつ何かが消えて明け方は貯水タンクのうつくしいとき

さびしさが浮遊してゐる触れられることなく開く窓にも触れる

やさしいとやさしさはちがふやさしいを乾かしてゐる風に触れたい

魚のない水槽を抜け日盛りを過去へ帰つてゆくものがある

来ては去る風の合ひ間に思ふこと水溶性の言葉がほしい

掬はれない水を思つて目を閉ぢる平たく深い眠りのために

流れ落ちたやうに明るくまな板の上に散らばる輪切りの胡瓜

春雨は止まないだらう夜の手が時空の首を撫でてゐる間

こはれやすい硝子と暮らす不自由と自由を思ふ　空が暮れゆく

点でふれる空より雨の降つてきて高層階に光がそよぐ

心より水にしたたしい手をもつて水に紛れる心を掬ふ

空からの垂線揺らぐ春の昼川面の石を踏みつつわたる

流水のかたちにかるくひねられた和菓子が不意に眠気を誘ふ

目を休め連想をする子どもたち遠くへ お行きそしてお帰り

空のペットボトルが並ぶいつまでも未来であるかのやうな風景

眠りから覚めれば鳥でなくなると水のからだを揺らす輪唱

水流を感じることをたしかめて素足ふたたび歩きはじめる

閉架書庫

唐突に立ち現れる閉架書庫、従者のやうに風の吹くさなか

断片であれば匂ひのする記憶空だと知ればペンキが匂ふ

裂くやうにきりんは歩く青空の水琴窟の底に目覚めて

沈みつつまだやはらかな西の月くづれてぼうと浮かぶ島々

草原に干されたままの両膝が風化してゆく前に帰らう

鳥色のペンがかすれるやうになり明るさのなか芽生えるいのち

昼、首にレースを暗く巻く女騒立つ羽根をおさへる目つき

重心へ落ちてゆく砂の音は消え光に浮かぶ風の骨格

吐きだした飴は乾いた砂のうへあばれたあとの銀河のしろさ

ずつとむかし、月のよだれを掬ふ手がランプシェードになるまへのこと

音楽が分け入る空に点々と眠りを深くするものがある

落ちてきたそれは山桃見上げるとボタンホールはもう消えてゐた

夕闇にまぎれて浮かぶ鰭のあを子どもたち掬ひ上げてはだめ

うつくしい茎を探しに行くと言ひこゑの主は裏庭に消える

冷えてゐる橋をわたり終へうつすらと霧のただよふ音域を行く

川岸に反り返る風へよみがへる両翼だつた頃の体温

身につける言葉がおそろしいのだらういつか女に戻る魚たち

漠とした眠りの合ひ間蓮を感じ水は水であることを思ひ出す

水の音がする方を見ると水はなく蔭る何かが脳裏に沈む

雨上がりの風をたしなむ老人がポールのやうに立つ遊歩道

つかの間の鳥がシンクへ沈むのを見届けたのち蛇口をひねる

遡上して再び朝へ帰るまで音の多くを失くした眠り

途上

うまれたてのやうな軽さの服を買ふあたたまりはじめる東京に

骨格に触れた気がしてもう一度やはらかな薄い鞄を抱いた

晴れてゐれば屋根の上にも人がゐて空よりの匙を待つてゐるのか

ふくらんでゐるところほど消えやすく山手線の内側にある

音楽のうすい異国の曲芸を見終へたやうに桜は消えた

橋を渡り町の東へ。川の風が止むまで川の領域にゐて

砂を引くながれが視界の奥にありそこへ帰つてゆくのかと思ふ

水玉のぽろぽろ落ちる月の夜とほくの街が浮かんで見える

光る肺抱へて都市の水の辺へ電車をふたつ乗り継いでゆく

触れるのは崩れる前の形だと未来に雨は降りつつ語る

耳は今日凹面である。駅南の真赤な店に雑然と夜

船上のやうに明かりの揺れてゐるタイ料理屋にエビの皮を剝く

少しづつ冷えてゆくやうだ夕立が残していつた風の喉骨

あたらしくあたらしく白は記憶され過去はどこまで続く砂浜

吊るされた帽子が揺れて路地裏にしばしただよふ道化のじかん

思ひ出すと色褪せてしまふ感覚を忘れるなかに日は過ぎてゆく

光ばかり閉ぢないでゐる時の間を単線の一両に揺られる

失くしたい言葉が錨であつたこと小雨の止んだ夕刻に知る

ざわめくなか

つばの広い広い帽子は脱ぐたびに水から上がるやうな騒がしさ

夕方の傾斜にまかせのぼるうち、あきれるほどに寂しくなつた

言葉なくすごす一日手に揺らす缶詰のなか桃のかさなり

視野のなかへ引き上げておくてのひらに中州のやうに盛り上がる肉

海に近いところ終はりの叢がざわめくなかに見えるブランコ

そのからだが曇天である不思議さに身をひるがへす魚のあかるさ

道がまだ熱をもたない朝方の月にうつすら浮かぶ静脈

ぬばたまの闇に圧されてわたしはもう鰭を隠しておくのをやめた

対岸へ細くつながる橋のうへ落ちてゐたのはきいろい海星

波紋とは水の肋骨　現れては消える体に抱かれてゆく

黒猫のあゆみはしづかぬおぬおと浮き沈みする両肩の骨

鏡面の奥へと夏の影は伸び、しまはれてゐる器に沈む

足音を樹下へ沈めて見上げれば落ちてくるやうな蘂の黄の色

重なり合ふ真夏の日々に風は止みセロファンテープの色をしてゐた

あとは消えてゆくだけの夏陸橋のやうに時間を撓ませたまま

脱いである服が魚に見える部屋ここで眠ればすぐ舟が来る

強くなる雨音を聴くそのあひだ体は時の川下にある

透けてゆく薄紙の向かふ幻であるほど濡れて湖岸に浮かぶ

白く浮かぶ

月の光によつて照らし出されるとき、白いものは潤ひをもつ。
月のひかりは、世界をまぼろしの水で覆ふ。
まぼろしの水の浮力は、白いものを浮かび上がらせる。

薄雲はそのままに暮れ白桃を投げ込めば落ちてゆきさうな空

水があればその水を吸ふ綿棒は目の退化した生き物のやう

みつしりと詰められてゐる綿棒を取り出す前の気配、初雪

握つても指のかたちが残らないチューブ入り歯みがきは淋しい

葬儀社のしろい車が運んでゆくうつすら閉ぢた数百の菊

白猫のでていつたのち両足をくづせばかるくふくれる和室

横たはり目薬をさす仰向けの体にふたつ浮き上がる目へ

ねむる人の額にゆらぐ街の灯を消してくづれる砂の冠

哀しみにうすい被膜があつたこと消えてしまつたそののちに知る

食べ終はる頃にはもうはなびらではない暗い茶碗の底の白米

はくはくと

いつの間にか冷えてゐた耳こんなにも時はまつすぐ流れてゐたのか

思案しつつながく握れば勾玉のかたちに変はる里芋ひとつ

起きがけのつま先たちがさわがしい風のつめたいところだつたか

もう一人ゐたはずと振り返るたび椅子の配置が変へられてゐる

どうかしてゐたのではない数日の終はりに冷めた白湯を飲んでゐる

雲隠れするひつじたちはくはくと呼べば家路を思ひだすらしい

うつくしい闇が寄せ来る時間帯目を閉ぢずして何をしようか

髪をよく乾かしてゆく耳も尾もすつかり垂れた犬の心地で

寝室の明かりを落とし窓を閉めベランダに出る　風の領域

できるだけ遠くへは行かないやうに　眠りのなかへ言葉を落とす

雨の午後遊びはそつとはじまつて外されてゆく簞笥の取つ手

枝をもつあなたから今は秋の匂ひ珈琲色の小道を歩く

体外であるといふ不思議あをいやうな空気を籠めたまつすぐなトンネル

外にゐればすぐに冷たくなる紅茶だんだん雨に近づいてゆく

闇の濃いところで羽根を休めつつ風のあなたは西方へ渡る

足音にココアの色を混ぜながら過ぎ去る秋の只中にゐる

回帰

雲深い夜を帰り着き手袋を取り去ればもうおぼろげな指

この世には待つもののない雨傘を濡らしてなほも昼は流れる

冷えてゐる硝子のなかに透明が現れるのを見守つてゐた

群生するかなしみ揺らぐビル街を初冬の風はせはしく過ぎる

傾ける頬の奥には森があり頷くときの微かなわらひ

飽和といふこのやはらかな発音に空の震へは止みさうにない

底辺より記憶は透けて遠くからかざされた手に染み込んでゆく

加湿器の水はしづかに帰り着く空を濡らして降る絵の雨へ

秒針の音が消えては現れて午前零時の作歌はつづく

眠れない背中を撫でて流れてゆく時間であれば逃がしてやらう

耳のあつたやうにも見えた　薄曇る夜空のなかへ衿は立てられ

水の音を聞くまで水と思へずに緑の瓶と向かひ合つてゐる

見上げる空余すところなく降る雨はこの夕暮れに何を封じる

明け方の空気へ舌を触れさせる留まつてゐるものが冷たい

しろくしろく塩蔵されてゆくやうだ今年の冬の幾多の雨が

覆はれてしじまを知るといふことを夜を渡るうち忘れてしまふ

銀色の骨がまつすぐ冷えてゆくこれまで幾度閉ぢられた傘

追想が雨へと回帰するまでのつかの間皿を洗つて過ごす

おりはじめたのはいつ頃だらう冬の底見上げる景色に気が遠くなる

肩越しに森を見てゐた　消えないやうときをり息を吹きかけながら

ともしびは夢のまにまに迫り来て夜の深さは車窓の深さ

II

空の断片 II

岐路よりも踏切の多い青春期忘れもしない空の反転

雲と雲の呼び合つてゐる静けさに桜かたちを崩しつつ咲く

六月は空に翻訳されてゆき降り出す雨は終はりを知らず

秋雨の続く夕暮れせめて今日は声を殺さず一日を終へたし

とてつもなく大きな鳥が去つたこと告げてゐるかのやうな夕焼け

傘を捨てる

ブラウスのやうに騒立つかなしみも春浅ければ脱ぐことをせず

別館に動かぬままのエレベーター学生だつた頃の鬱屈

施錠して別館を出る　学生を終へるは傘を捨てるに似たり

寒空にアキレス腱を伸ばすとき少女はなべて怖ろしくあり

生けられた桜の脇にひと時を百合は異様な花として咲く

もう二度とわたしの夢に来ないでくれ　しやべりもせずにひとり裸足で

道なりに優しくはなれず五分咲きの花枝を手に城公園へ

自意識が鈍器のやうにあつたこと思ひ出しては咀嚼してゐた

感情が白濁ののち鳥となり我を忘れるときの羽ばたき

撃たれたる小鳥のやうだ草むらにオリーヴ色の女のパンプス

豊満な雨に打たれて春の風邪眠れるかぎり昏々と眠る

日曜が等間隔に訪れて忘れたくないことが消えてゆく

セロファンのにほふ川辺を飛び交ひてちぎれるやうに消える蝙蝠

水が水を沈めるごとき執着と朝の支度のなかに気づきぬ

振り返ることのできないかなしみが鰯のやうな色をしてゐる

再会がさよならを生み手のひらは揺れて遠くのわたしを起こす

痣のごと守秘義務を持つ生活の連なりながらハナミヅキ咲く

老犬の目に朝方の空深く目礼をして職場へ向かふ

人知れずたなびく

香草の匂ひのつよさ　記憶とも言へぬところに風があらはる

傘を閉ぢ歩き続ける知る限り雨の多くは勤勉でない

青春の昼の長さと言ふほかなし整備工場に電車が並ぶ

両翼の芯まで冷えて飲んでゐる缶コーヒーの少量を好む

海が望めさうなグレーの静かな塀胸にもひとつあれば安らぐ

ホテルに着き四泊分の服を掛けしばしほつたらかしにされたし

やはらかく強情なのは旅先の浴室にあつてすすぐ靴下

少しむかし、あきれるくらい無防備で余韻のなかに寝起きしてゐた

青い花の乾きはじめた家具屋には主のゐない鳥籠が並ぶ

いくつかの音楽の聞こえるところ砂糖を足して紅茶を飲む

老齢の観覧車風のごとくあり暇にまかせてもう一周乗る

歌になつてしまふより先にはばたいていつたたくさんのたくさんの鳥

夕暮れの時間を象が横切ればそこより先へ迷はずにゆく

遠い昔いつくしむ手に撫でられて象はあのやうな形を持つた

バスに揺られ眠る間に胸底の氷砂糖も滅びつつあり

橋を過ぎるあひだも雨は降つてゐる揺らいだ空にかすかな頭痛

使ひやうのない時間なり死んだ歌手の声の流れるスターバックス

背にうすく浮かんだ骨の並び方さはらなければ忘れてしまふ

夕闇がサーカスを呼び国籍のちがふビールを追加でたのむ

休日の虹が時間を止めながら消えゆくことを今更に知る

風を裂いて坂を下れば十月が空港のやうに開かれてゐる

十月にふさはしくない雨が降り夕闇はただ燃え殻のやうだ

癒えてゆく時間のなかに傷は浮かぶ冷えた羽根より不自由なまま

根をなくした。そして歩けるやうになり、何時となく人知れずたなびく

未来を吹くもの

白い犬が黒い犬を呼ぶ夕刻にしばし濡れたやうな沈黙がある

駅の向かふ長く待たせてゐるやうな三十代を微かに怖れる

身を沈める眠りの底に蚊帳が揺れ風は未来を吹くものと知る

休みつつ橋を渡れば川下に溢れる風は水の姻族

力づくそのやうな力を惜しみなく尽くしたのちの心を知らず

丸い盆に置かれたやうな一言を残して父は風呂に立ちたり

速度から解放されて休みゐる貨物列車のコンテナの群れ

住宅地図の終はりに海の広がつて陸路とはただそこまでの道

まつすぐに割いて束ねる白地図の余白の海に方位鋭し

延々と呼ばれ続ける名のやうにこの八月をのぼる太陽

方向を定めず風の吹く浜辺ときをり駅の気配があつた

マスコットの手足はちぎれ雲のやう女子高生の鞄に揺れる

ぽつねんと水曜のある明るさに右手のひらの雨水を落とす

声を飲めば少し苦しく息をしてやがて静かな虫籠の父

父の汲む水はお墓を洗ふ水雨降るなかにあつて静かだ

船上の夢なども見るやうになり三十代へ近づいてゆく

かなしみに骨格はないコピー機をあふれ光は四方へ消える

ひどく降る雨の不思議な明るさに洗はれてゆく性分といふもの

わらひもせず

泣く代はりに武田百合子の文章を読めば土曜も終はりに近い

一杯のしつぽくうどん悲しみに勝る不味さに救はれてゐた

見ず知らずの女の借りを返す夢欠けた茶碗に湯を注ぎゆく

水滴を爪から爪へ移すやう飲み足しながら記憶を繋ぐ

握りの烏賊にわさびの透けて未だ知らぬよろこびのある春の近づく

車庫入れの苦手なままに年を重ねバックミラーに白梅が咲く

疲れゆく一日の終はり歌を詠めばもつたりとして助詞ばかりなり

ひと冬の長きに桜開きつつわらひもせずに空を見てゐる

窓のうすき店にて食める焼き鳥の春に即した甘辛き味

春にして口やかましき雨もあり停車のあひだ飽かず見てゐた

蛸と思ふまで噛んでゐる前の世のあるいは消えぬにくしみだらうか

明太子のほろほろをつまむ青春を蔑ろにせず生きてゆきたし

菜の花は食べても飽きず飽きぬとはあるいは寂しいことかも知れず

花ひとつ落ちて正気を取り戻し玄関の桜終日を咲く

まんぢゆうのくだりに見える偏愛へこころほどいて随想を閉づ

あの雲を剝がしてみたら何かもつとおもしろいことが降つては来ないか

旅先の椅子は人待ち顔にして人去りて後安らぎもする

ヤヘザクラおなじところにいつまでもゐつづけることが生きてゐるあかし

室外機のやうに

睡蓮の花より深く根を張りて黙するものを追想と呼ぶ

尾を振りて疲れて眠る老犬にミヅキの花の白、降りやまず

季節がじつと推移してゆく倦怠につつじの雄しべも乾きつつある

桐の花があとからあとから落ちさうにふと浮かぶやうに咲き続けてゐる

咲きながらあぢさゐの花は色褪せて女は女を恨まざるべし

液状の糊がボトルをのぼり来て感情的になつてしまつた

個性とは他人が決めるものなるか終点に立つケヤキのそよぎ

認印あぢさゐのやうに滲みゆく言葉が役に立たぬ一日に

逸すれば屋根を這ひつつ朝顔の朝な朝なに咲きゆくが見ゆ

寂しいと気付いてしまふ風呂上り見失つた蚊が戻つてこない

夏影の深きに風をとむらひて動くことなし一対の鳩

八月の夕暮れ時は室外機のやうに心を放つておきたい

白コセウ、コセウと呼ばれ夢の犬みじかく吠えてなつかしき顔

文章に黴の字のある週末の風の行方に散り散りの雲

知らぬ女の付けた日記を譲り受け必死に守りゐる夢のなか

あたらしき化学工場　浮遊するやうにあまたの窓ガラスならぶ

人の、 しかもなぜか女として

鰭をなくし羽をなくして人のしかもなぜか女として生きてゐる

古いボタン母のボタンの山の中しまはれてゐた大豆ひとつぶ

飛行船を乗り捨ててまた逃げてゆく夢にわたしは荷物を持たず

眠る前は背骨を伸ばす生涯にたつた一本もらつた背骨

大きな梨まるごと剥いて切り分ける家族四人の暮らしは続く

梨が消えこの世の梨は消えてゆきさうして冬があらはれはじめる

尾が切れた猫が何度も振り返る路地に無言の水たまりあり

悲観とはつまり無用の雨傘とプラタナスたちは風にさざめく

クルミボタンゆつくりとめてゆくあひだ季節はたしかにゆかずにあつた

未知といふことばくづれてゆく秋のひざしのなかに少女はひとり

練り物にうづらの卵がかくれてたしづかなしづかなきいろを抱いて

大きなおほきなかばんにもぐり階段をおりてふたたびの朝をむかへる

生まれる前しんとじかんに寝そべつてひらかれてゆく雨傘をみてゐた

さか上がり終へてくさはら揺らぐとき鳥だつたころの夕闇がくる

自由がまだかたちをもつてなかつたころ履いてゐたのはがぼがぼの長靴

遠回りになつても橋をわたりたい疎林のやうなハナウタを唄ひ

道すぢをもたずに雨のふる夕べ　なめした革のにほひが消えず

シヤクヤクの眼の暗き一輪を生けし花屋に人の匂ひす

みあげればひとつふたつと雨に触れあいさつをかはすやうな夕闇

冬の陽に覚えず鯉の顔をせり老いたる野良は背を丸くして

こんなにずつとずつと死がありしらすぼし白飯にのせ黙々と食ふ

素焼きの犬

喫茶店に乾きつつあるお手拭きを鶴のかたちにととのへてゐた

拙きは文章のみにあらざれどひとまづはじまりの一文を直す

長月の蚊はもう夢へ帰れずにざわざわと人の血ばかりを吸ふ

腹に響く声にくしやみを重ねたり決してかなしみの指図は受けず

月を剝いでシャツとベストを誂へてほんとはこのまま飲みに行きたい

笛の音を休めて続く囃子かな川辺を過ぎて町へ入りゆく

週末の血は寂しさを沈めつつわたしを少し遠くへ行かす

言へなくてよかつたと思ふことひとつ首を洗へば消えてゆくまで

素焼きの犬のごとく寂しき週末は存分にくしやみをするのがよい

長居ののち会計を済ます日曜の雨は失意へ沁みてはならず

ざばざばとコートは風にあふられて季節のあせてゆくさまを見た

イヤフォンを外せば雨の強まりて不時着しては生きてゆくのだ

質感がこゑに似てゐる　暗闇に灯す懐中電灯の明かり

こだま号停車してゆく駅ひとつひとつが冬の痛点である

窓に手を当てぬやう外を眺めてゐる冬の気配は硝子の気配

たしかに老いてゆくはじまりの珈琲に溶けぬ砂糖の一粒を噛む

ウィンカーは大人のためにあるものと感じたのちの静かな右折

あり余る

斎場の駐車場には夕暮れがちがふ重さに押し寄せて来る

喪服の肩、肩の向かふによく知つた表情をしてあの人がゐる

唐突に泣きだす人のそれぞれの胸にかすかな光が見える

花なんか入れやがつてと言つてほしい棺なんて狭いところから出て

あり余るあの世の時間がうらめしくあの人ぐらゐ返してほしい

惣菜のにほひのなかを歩きゆくあなたのゐない夕暮れである

III

空の断片　Ⅲ

常は空に住むかのやうな男より犬放たれてまつすぐに走る

まだ重さを持たないでゐる明け方の空の青さを記憶にとどむ

昼空のなかほどに浮かぶ月が今日漂着物のやうなしづけさ

空の奥処へ手を差し入れて摑みたる大人しきものを箸置きとする

炎天のきはまる青を深々と切り裂くやうな彫刻刀を欲す

風待ちの貌

熱を帯び張りつめてゐた両耳に春は沈みて二十代も遥か

暮れてゆく町に下ろせる千円札たしかめるときに緑色濃し

水を知らぬ魚を手にしてゐる夢の魚の眼はみどりに濡れて

今、土から生まれましたと足元へほつりほつりと鳩は寄り来る

夕暮れの路線バスより見上げればプラタナスみな風待ちの貌

木肌に触れるやうな手をする。アイフォンの画面に曲を探しゆくとき

昨夜からの雨を引き継ぐ街の朝コーヒーの匂ひふくよかにあり

いつだつたかたしかに押した降車ボタンなつかしき場所を足は踏みしむ

桜青葉のはげしく揺れて髪をもつと切りたいといふ衝動に駆らる

雲がゆくはやさに腕を揺らしつついつか会ふ日を待ちわびてゐた

*

悲しさうな目を見てをれば背の骨を言葉しづかにのぼり来るなり

近づいていつたわたしを霧雨が降るやうな貌でじつと見てゐた

湖よりも茫漠とした夕ぐれの出汁へと胡椒振りかけてゆく

ひらくほど不可思議にかたち変へながらにほひのなかに白百合はあり

無伴奏チェロ組曲に夜は更けて眼窩に闇のぬくもりを覚ゆ

納豆の糸の切れつつひかり帯びて微笑みたるか半跏思惟像

A3のコピー用紙に黒々と印刷されて山林はあり

味噌汁に葱よりもなほ白菜はかたちを失くし透きとほりゆく

子を産むごとに変はるであらう秋の色を知らざるままに歳を重ねつ

越ゆべき野を持たざるままに少女期のボタン小さき群青の服

暗所

誇りは火、灯すべき場所のない人の酔ひ深まりて眼あやふし

どのやうにも笑ひに出来ぬ冗談を受け流しつつくしやみなどする

降車して荷降ろすをとこ真顔なり色川武大によく似た眼

風つよき夜を帰りて温めたる糸こんにやくの結び目を嚙む

生きてゐれば使つてしまふ目の玉を暗所にそつと置いておきたし

咲きなづむ桜延々と連なりてこの世ばかりがぼんやり明るし

数ふれば指が足りない夜ごと見し夢に凄まじき面差しもあり

舟状骨、立方骨とつぶやいて先生はまた鍼を刺しゆく

富士山のふもとのくぼむひとところ灸を据ゑれば気持ちよからう

立ち上げるワードの余白ざわめきて国芳の猫の遊ぶ気配す

春巻きを食べれば暮れてゆく空のわづかに残る酸ゆき赤色

夢

ぬくもりをまだ保ちゐる湯たんぽをご隠居と呼び布団にしまふ

怖い怖いときどきふつとおもしろいさういふ話を今日は聞きたし

こんな寒い夜もおとなしき妖怪へちりめん山椒すこし分けやる

妖怪にもほくろはあつてかなしみの深まるときに増えてゆくらし

酔眼にて百閒の見し夜の色思へば口中かすかに甘し

短髪のをんなの眼鏡濡れてゐる夢のなかなる白ネギ長し

握りしめる手に湿りたる豆赤し帰りゆく夢へ闇市は立つ

不必要に丁寧な人を叱咤したし都家かつ江の声をもらつて

祖母の祖母と同じ頃生まれし人だらう夢のをんなの髪のふくらみ

ただ一度ひらきし夢の抽斗にしまはれてゐた氷製の櫛

陸橋にて越えゆく

群青ははげしき色と知りてのちはじめての夏が近づいてゐる

アスファルト濡れて膨れて見える道くるま来ぬまま信号が変はる

エアコンを売る一角に茫漠と風ありて少女回転をはじむ

致命傷のごとく光のみだれゆく川面に沿ひてパチンコ屋建つ

帰り着く駐車場には欅の木お前も鳥を失つたのか

草色の文鎮を置くそののちも風にさらはれゆく紙の音

菓子鉢の蓋のつまみのふくらみの先に小さき物は立つらし

船団の広がる夢に目覚めし後こころもとなくうがひなどする

電車にて流れては花に触れる旅さみどり色のハンカチ持つて

水鏡をみだして現れる背びれ黒くながれて再びを消ゆ

陸橋にて越えゆくといふ危ふさに気づかずにゐたあの夏だつた

広き窓ひとつ

ふつくらとした月が出てゐる電話にて黙せる時を分かち合ひたし

らふそくの火より微かな相槌を打ち損なひて息をのみ込む

夕暮れを影の従者となりながら画廊を過ぎて空へ近づく

これまでのあなたの時間を遡上する夜には夜のひかりを持つて

国籍のことなる人と連れ立つて今日も風つよきハママツをめぐる

時差のある場所へと向かふあなたへと月を行かしめしづかに眠る

消えようとしてゐるものがさいごまでそつと消えゆくためのまばたき

気動車が揺れつつ駅に入り来て影のないものの乗り込む気配

幾たびか匙を入れられ、バニラアイス茂みのやうな陰影を持つ

坂と坂の交はるところ思ふ人のあれば一層ふかく呼吸す

水流の途絶えればそこを道と呼び歩きて再びの水流に会ふ

黄色の実おほきく揺れて檸檬の木放浪の人を羨むごとし

ティーソーサーまづは置かれてその後を追伸のやうに来るティーカップ

夢にのみ会ひ得る女　国籍を尋ねるときに微かに笑ふ

生活の拠点新たに変へし夢の真中に広き窓ひとつあり

大切なことは言葉をすこしづつ変へてあなたへ幾たびも言ふ

Ⅳ

空の断片　Ⅳ

雲うすくひろがる昼の月の空しまはれてゐるものたちがひかる

点々と散らばつてゐる鳥たちを忘れたままの空の群青

眼へと景色押し寄せ見上げればアンテナの上に月が出てゐた

空へ着かぬ驚きのままいつまでも灰白色のらせんかいだん

縫合をせずとも癒えてゆく空に消えゆく雲は光を吸ひて

令和二年、春

令和二年ゆつたりと煮えるやうに咲き桜は溶けるやうにして散つた

人の声の消えた車内に落とし物のやうに日の差すひとところあり

肋骨の一本のごとく一冊を携へてゆく坂の遥けし

あるだけのマスクの白を鳥のやうにすべて抱へて東京へ来し

別れ際の揺らぐことなき眼差しの出会ひし頃より変はることなし

壁のもとを幾多の風が訪れて壁へと消えてゆくものもあり

壁に触れてみたしと思ひ眺むればわたしを雨が過ぎてゆくらし

距離をとり並ぶ人らの揺れやすさ遠く風船に連なつてゐるか

手を舐める子床に触れる子つぎつぎと叱られてゐる二番ホームに

夜がその帆を失ひてゆく頃を薄明と呼び眠りて悼む

未来から帰つたやうな顔をして夫は深夜の茶を飲み終へる

川沿ひをマスクしたまま行き合ひて互に犬をかよはせる人

幼かりし日の手に握りしめしもの分からぬままに歳を重ねる

夕景

沢蟹のやうにして夢が去つてゆく妙に明るき夕ぐれのなか

川風を慕ひて歩く六月の記憶いくつも溶け合ひてゆく

好きな木を見ればあなたは近づきて嗅ぐやうにその木を眺めゐる

一度見て再びを見る眼差しの静かに何を愉しむこころ

片耳を上げて仔犬は夕焼けを見てゐる、風の強まるなかに

巨峰色の水玉模様のワンピース少女の夕暮れに猫は寄り添ふ

夕空の雲をあなたは見上げてゐた遺構をさがすやうな目をして

国境の向かふの風が今日、あなたの耳の奥底の闇を揺るがす

死の丘と呼ばれし土地を訪ねし頃あなたは髭を蓄へてゐた

水の絶えし遺構をめぐりゆきし日々あなたはそこへ声をしづめた

薄闇に尾鰭のごときものの影夏が終はれば空へと帰る

揺れ止まぬやう

経由地を知らされるやうに目は覚めて明け方をまた浅く眠りき

透きとほる菓子を分け合ふ元旦の夜空は冷えていつそう近し

内側より花びらそつと開きゆくラナンキュラスの驚きの貌

日の翳る道へ入りゆく　骨董屋にむらさきの紐が結ばれてゐる

カーテンの奥に見えたる女の面まばたきをせぬものは恐ろし

エコバッグ背負へば軽し背負はれて物見遊山の牛蒡、長葱

鶏手羽の煮汁に灰汁を掬ひつつ戦前のころの抑揚を聞く

ふくらみてゆくパン生地のあたたかさ人間ならば死に至る温度

深く眠るほどにあなたはくるしみて獣の声にわたしを起こす

夢に見し金平糖に古菊と名のありき　言ひやうのなき色

火をいつそう弱めおでんの大根の余談に耳を傾けてゐる

熱いお茶を飲んでわたしを灯しゆく遠き帆影が揺れ止まぬやう

月とキッチン

おいしさうな半月の下キッチンに薄皮むかれトマト現る

昨日の夕闇を歌にしないまま今日の夕闇を飲み込んでゐる

崩れたる小さき石を踏みしめて川岸をゆけば月に出会へり

遠けれどやはり月へは素足にてはさり、はさりと歩みゆきたし

てのひらを皿のかたちにととのへて風の言葉をそのままに受く

人ならざるものだけが見る夢がありアボカドの実がまた熟れてゆく

湯呑みから右手をはづし彫るやうにじつと何かを書きつけてゐる

真鍮の鍋がこちらへ預けくる重さのなかにあかるみがあつた

小豆には声がありますにしか分からぬやうにつぶやくのです

食事する時はいつそう静かな人その目に夜の安らぎがあり

楡の木は死へと近づく青き火のなかにスープが暮れてゆくとき

火を持ち寄りて

夕闇のなかに求めきキャベツほどの重みを持ちてしづかなるもの

風中にマスクの人の巨大なる耳はあらはになりて過ぎゆく

夫の古き傘の広がり黒々と揺れてときをり葉桜を撫づ

浮遊できぬからだは土地にとどまりて矢車菊と石鹸を買ふ

祈ることも許さぬといふ激しさに雨雲は来る西の方より

残響の行方を耳に追ひながら都市といふものの怒りに触れる

干し無花果ならび置かるる店先に肺の傷みてゆくことを怖る

静寂をあらしむるため人々は薄闇に集ふ　火を持ち寄りて

ディスタンスとりあふ人らそれぞれをめぐる衛星の軌道のちがひ

桃を剝く手に静まらぬ力あり　四度目の非常事態宣言

不意に鳴く犬の理屈を想像し幾たびも見る百日紅の赤

化けられず人間のまま県境さへ恐れ今年の夏は過ぎゆく

マスクに顔は埋もれながら失はれやすき言葉を留めむとする

連写

一メートル超える大きさに描かれた枯葉に風の痕跡はあり

ベニシダの茂みへ影を託すやう降りゆく足がふと軽くなる

明るさは極まりながら蜂蜜のなかに季節は静止してゐる

開きかけの白梅を探す饒舌なる手袋ふたつ手ににぎりしめ

のぼりゆく先に広がる光景をおそれるときの子宮の暗さ

解けぬまま懐に抱く問ひひとつ撫でやるゆびに毛並みを感ず

わたしをなす前の草地を知つてゐる爪を切れども気づけば長し

さやぐやうな声が聞こえて名も知らぬ幼き人に手は触れられる

引き出しの無数をきみと開けてゆく陽のある夢にもう少し居たい

猫は猫の夢の続きを歩みつつわたしの足へからだを添はす

失ひしものを視野へとをさめしのち黙せるままにきみの早足

ビーツのやうなこころを抱へ少女たち岸辺のひかりを連写してゆく

これまでに出会ひし青の奥底の群青に耳を澄ませゆく冬

川岸に

溶けやすき時間ながれる川岸の夕ぐれどきの草地へ向かふ

あなたがかつて暮らした国へひとつひとつ時間をかけて夕暮れは来る

すこやかであればしづかな肺ふたつからだに浮かべ人ら行き交ふ

サルスベリ散り積もりてもまだ暗くこの夏の洞のただ深かりき

受胎せし人はそれぞれのしづけさに堤防の階段を降りゆく

麻酔より目覚めし昼の明るさをあなたの声で記憶してゐる

海風とかつて呼ばれし風もまたこの草叢へ帰り来るらし

川風のなかをじやれ合ふ犬たちに国籍はないと不意に気付けり

洋梨が剝かれゆくやうな明るさに別れ来し人を一人一人思ふ

点々と時空に灯るあれは駅　飛べないものはそこへ行けない

堤防をかけ上がりゆくシュナウザー風を宿して椎の木の方へ

野あざみの乾くにまかせ幼少の頃の記憶を辿りて話す

あなたが夫となりし不思議に明け方を眠れば風に空も地もなし

受胎するかどうかひかりに問ふ秋のイチヤウ黄葉は透きとほりゆく

草叢の犬をリードに確かめつつ男はしばし留まりてゐる

あなたがかつて暮らした土地の川岸をいかなる声に鳥たちは訪ふ

ひるがへるストール長しいつか向かふ場所をほんたうは知つてゐるのだ

女たちが残していつた椅子たちが見上げる先に半分の月

いつか受胎する日を思ひカモミールティー啜ればひかりのにじみゆく味

岸の向かふ夕暮れはスープ　静寂にレモンを搾りひと匙掬ふ

幼少の頃のわたしを知つてゐるさういふ顔にあなたは頷く

止まりつつ歩く川岸　冬を越すための言葉を蓄へてゆく

グァバ色の夕空へ鳥は帰りゆくかつて生きてゐたものたちも皆

発しない言葉も長く生かしめてあなたは息を深く吸ひ込む

生まれたての髪を無尽になびかせて川の先へと風たちは消ゆ

あとがき

歌が生まれるときのあの感覚、あれはどう表現すればよいだろう。あれこれ思いつつどこか無心で、ときにからだがふわっと浮かぶような。歌は、何という広大な場所、そして膨大な時間を感じさせてくれるのだろうと思う。

わたしは長いこと、自身の歌を所有しているという感覚をあまりおぼえずに来た。歌というもののはるかさのなかに歌は生まれるのだという気持ちが、ずっとどこかにあったのかもしれない。

『遠浅の空』は、二十代前半の頃の習作のタイトルである。わたしにとって空は、いつでも心が帰ることのできる場所だった。そして、十代の頃から二十年以上のあいだ、空に関わる本当に多くの歌を詠んだ。空に関わる歌を詠んでいる間に、学生の時代は終わり、就職し、だいぶ経って不思議な出会いがあり結婚し、新しい土地に移り住んだ。

四十歳を越え、そろそろ、自身の歌を自身のものとしても抱えていこうという気持ちを持つようになった。歌に与えられた長い時間が、そのように思わせてくれたと感じている。

＊

歌集を纏めるにあたって、時間ということをずっと考えていた。ひとつの歌集のなかに二十年以上にわたって詠まれた歌を入れることは、窮屈な印象を与えるのではないか、そうした迷いが少なからずあった。しかし選歌していくうちに、この長い時間こそが、この歌集にとって大切なものなのではないかという思いを持つようになった。

長い時間が歌集のなかで息づくために、ある程度、制作時期に即した構成にすることとした。はじめに初期歌篇を少しだけ配置し、一章に二〇〇〇～二〇〇六年頃の歌、二章に二〇〇七～二〇一五年頃の歌、三章に二〇一六～二〇一九年頃の歌、四章に二〇二〇～二〇二一年の歌を収めた。章立てするにあたって、主に環境の変化によって歌の質感が変わったと感じたところで区切りをつけた。それぞれの章のなかの歌の並びは制作年順ではなく、歌の印象に即して再構成している。また、それぞれの時期に作った空に関わる歌を「空の断片」として、各章の冒頭に五首ずつ置いた。

歌を並べていくなかで、過去のすべての作品を旧仮名に統一した。旧仮名にすることで、かなり過去の歌も近しいものに感じられたことは不思議な体験だった。

長い時間のなかで変化したもの、変化しなかったもの。歌集が出来て、できれば読者を得るなかで、その両方が滲み出てくることをたのしみにしている。

*

振り返ってみれば、歌を通して本当に多くの方々、そして場所に出会ってきたのだと改めて思う。浜松市立高校文芸部、塔短歌会、旧月歌会、京大短歌会、奈良女子大学短歌会、新樹短歌会、横浜歌会…。ともに多くの時間を過ごさせていただいたことに深く感謝したい。そして、お忙しいなか栞をご執筆くださった、小林久美子さん、花山多佳子さん、後藤悦良さん、澤村斉美さんに心から感謝申し上げたい。

歌集の出版にあたって、青磁社、永田淳さんに大変お世話になった。永田さんが作品を豊かに読んでくれたことで、歌集製作のはじまりに立てたとつよく感じている。そして、お忙しいなか装丁をお受けいただいた濱崎実幸さんにも、深く感謝申し上げたい。ひときわ暑い風の吹く夏を越えて、どんな風合いの歌集が出来上がるか、楽しみに待ちたいと思う。

二〇二三年十月

金田　光世

塔21世紀叢書第435篇

歌集　遠浅の空

初版発行日　二〇二四年四月二十九日
著　者　金田光世
定　価　二五〇〇円
発行者　永田　淳
発行所　青磁社
京都市北区上賀茂豊田町四〇－一（〒六〇三－八〇四五）
電話　〇七五－七〇五－二八三八
振替　〇〇九四〇－二－一二四二二四
https://seijisya.com
装　幀　濱崎実幸
印刷・製本　創栄図書印刷

ISBN978-4-86198-589-8 C0092 ¥2500E